서정시학 서정시 104

밤 하늘의 바둑판

오세영 시집

서정시학

오세영

1942년 전남 영광 출생, 전남의 장성, 광주, 전북의 전주 등지에서 성장. 서울대학교 문리과대학 국문학과 졸업, 1965~68년 『현대문학』지 추천으로 등단. 시집으로 『바람의 그림자』, 『문 열어라 하늘아』, 『무명연시』, 『벼랑의 꿈』 등이 있음. 현재 서울대학교 인문대학 명예교수.

서정시학 서정시 104
밤 하늘의 바둑판

펴낸날 | 2011년 4월 20일 초판 1쇄
        2011년 8월 10일 초판 2쇄

지은이 | 오세영
펴낸이 | 김구슬
펴낸곳 | 서정시학
편　집 | 최진자 · 인차래
인　쇄 | 서정문화

주　소 | 서울시 성북구 동선동 1가 48 백옥빌딩 6층
전　화 | 02-928-7016
팩　스 | 02-922-7017
이메일 | poemq@dreamwiz.com
출판등록 | 209-07-99337
계좌번호 | 070101-04-038256(국민은행)

ISBN 978-89-94824-13-0　　03810

값　9,000원

  *이 책의 판권은 지은이와 도서출판 서정시학에 있습니다.
  *양측의 서면 동의 없이 무단 전재 및 복제를 금합니다.

노을에 비껴

하얀 실밥이 더 선명해 보이는

한줄기 긴

비행운 飛行雲.

— 「비행운」 중에서

시인의 말

나는 시의 영원성과 감동을 추구하는 사람이다.
그러나 자본주의 가치관에 물든 오늘의 사람들은 우리 시대의 시에 무슨 그럴 만한 가치가 있느냐고 비웃는 것 같다.
그들은 시를 기업의 상품 마케팅과 같은 전략으로 팔고 사는 듯하다. 포퓰리즘, 센세이션널리즘, 저널리즘, 커머셜리즘에 편승한 한탕주의식 문학적 판매기법을 현대 미학이라 포장하여 강변하기도 한다. 예컨대 충격, 해체, 자해, 폭력, 무의미, 패륜과 같은 방식의 시선 끌기 들이다.
그러한 의미에서 나는 순진하고, 미련하고, 낡은 시인일지 모른다. 그래도 나는 언제인가, 현재는 잃어버린 문학의 그 영원성과 감동이 다시 돌아오는 날이 있으리라고 우직하게 믿는다.

2011년 어느 이른 봄날
오세영 씀

◨ 차례 ◨

시인의 말 / 5

제1부 — 눈 발자국

눈 발자국 ……… 15
팽이 ……… 16
강설 3 ……… 17
피항避港 ……… 18
간첩 ……… 19
나침반 ……… 20
비행운飛行雲 ……… 21
정좌正坐 ……… 22
구름 ……… 23
마사히 마라 ……… 24
첫사랑 ……… 25
번개 3 ……… 26
일몰日沒 ……… 27

제2부 ─ 생명표 브랜드

푸른 스커트의 지퍼 ·············· 31
축제 ·············· 32
생명표 브랜드 ·············· 33
복토覆土 ·············· 34
파업 ·············· 35
화산 2 ·············· 36
그린벨트 ·············· 38
동맥경화 ·············· 39
인공수분 ·············· 40
탁란托卵 ·············· 41
단풍 ·············· 42
춘설春雪 1 ·············· 43
춘설春雪 2 ·············· 44

제3부 — 늦가을

내 시의 사전에는 '증오'라는 말이 없다 ·············· 47
타종打鐘 ·············· 48
이데올로기 2 ·············· 49
이념 ·············· 50
자판기 ·············· 51
동파凍破 ·············· 52
늦가을 ·············· 53
농성籠城 ·············· 54
권력 ·············· 55
좌냐 우냐 ·············· 56
비정규직 ·············· 57
아이. 엠. 에프I.M.F. ·············· 58
암초 ·············· 59

제4부 — 아하!

> 연鳶 ············ 63
> 손목시계 ············ 64
> 갯바위 ············ 65
> 해머 ············ 66
> 풍선 ············ 67
> 아하! ············ 68
> 파도는 ············ 69
> 가을 단풍 ············ 70
> 낙하 1 ············ 71
> 어떤 기도 ············ 72
> 허수아비 ············ 73
> 울음 ············ 74
> 첫날밤 ············ 75

■ 해설 부감법의 시학과 사랑의 언어 / 홍용희············ 76

밤 하늘의 바둑판

제 1 부 눈 발자국

눈 발자국

누가 시킨 운필運筆인가.
나 한 개 꿈꾸는 볼펜이 되어 눈밭에
또박또박
서정시 한 행을 써 내려간다.

미루나무 가지 끝에 앉아 졸고 있다가
문득
설해목雪害木 부러지는 소리에 눈을 뜬
까치 한 마리,
까악까악
낭랑한 목소리로 읊고 있다.
그 시 한 구절.

팽이

문밖
매섭게 겨울바람 쏠리는 소리,
휘이익
내리치는 채찍에
온 산이 운다.

누가 지구를
팽이 치는 것일까.
봄, 여름, 가을 그리고 드디어 겨울,
회전이 느슨해질 때마다 사정 없이
오싹
서릿발 갈기는 그 회초리,
강추위로 부는 바람.

하늘은 항상
미끄러운 빙판길이다.

강설降雪 3

산간 오두막집,
굴뚝으로 한줄기 연기를 피워 올리자
지체 없이 투입되는 병력.
하늘엔 일사분란하게 하강하는 낙하산들로 온통
가득 찼다.
지상에 내린 하얀 스키복의 공수대원들에게
재빨리 접수되는 겨울 산.
이곳저곳 간단없이 출몰하던
멧돼지, 고라니들이 자취를 감췄다.
한순간에 제압된
숲속 게릴라들의 준동.

피항避港

명절날
거실에 모여 즐겁게 다과茶菓를 드는
온 가족의 단란한 웃음소리,
가지런히 놓인 빈 현관의 신발들이
코를 마주대한 채
쫑긋
귀를 열고 있다.

내항內港의 부두에
일렬로 정연히 밧줄에 묶여
일제히 뭍을 돌아다보고 서 있는 빈 선박들의
용골.
잠시 먼 바다의 파랑을 피하는 그
잔잔한 흔들림.

간첩

겨울 숲.
비트에 몸을 숨긴 딱따구리 한 마리
예의銳意
주위를 경계하며 다다 따따따 다다
난수표에 따라
비밀 암호를 타전한다.
"거점 확보, 오바"
산 너머 대기 중인 봄이
예하 부대에 긴급히 내리는 명령,

진군이다.
행동개시!

나침반

'?' 표를 하고
호수의 오리 가족 한 떼 분주히 발을 놀려
수면 위를 헤엄친다.
한 놈, 두 놈 차례로 자맥질도 한다.
무엇을 찾고 있을까.
어제
밤하늘을 날다가 실수로 떨어뜨린
그 나침반인지도 몰라.

비행운飛行雲

한낮
뇌우雷雨를 동반한 천둥번개로
하늘 한 모서리가 조금
찢어진 모양,
대기 중 산소가 샐라
제트기 한 대가 긴급발진
천을 덧대 바늘로 정교히
박음질 한다.

노을에 비껴
하얀 실밥이 더 선명해 보이는
한줄기 긴
비행운飛行雲.

정좌正坐

얼음 풀려
강물은 들녘에 일필휘지
문장을 갈겨쓰는데
온종일
흐르는 물에 비친 제 모습을 들여다보는
바위의 묵언默言,
글은 곧 사람일지니
한자 한자
정성들여 운필하는 지면의 저
새하얀 한지가
바람에 불려 날아가지 않도록
그 한 귀퉁이를 눌러 조붓이
앉아 있는
문진文鎭이여.

구름

구름은
하늘 유리창을 닦는 걸레,
쥐어짜면 주르르
물이 흐른다.

입김으로 훅 불어
지우고 보고, 지우고
다시 들여다보는 늙은 신의
호기심어린 눈빛.

마사히 마라

하늘 유리창을 통해 들여다보는
저 무수히 깜박이는 눈,
눈동자들.
지구는 우주의
거대한 사파리일지도 몰라.

어떤 문제를 일으켰을까.
오늘도
유성流星의 총탄에 맞아 실신한
어린 영혼 하나,
마취된 채
지구 밖으로 끌려 나간다.
저항할 틈도 없이……

첫사랑

여름 한낮
무더위로 하얗게 굳어가는 햇빛 속에서
정적에 짓눌린 개구리 하나
첨벙,
연못으로 뛰어드는 물소리.

화들짝
나른한 오수午睡에서 깨어나 살포시
눈꺼풀을 치켜뜨고
먼 하늘 바라보는 수련睡蓮의 파란
눈빛.

번개 3

어둠 속에서
와장창,
하늘을 깨고 뛰어든 자객의
번득이는 칼날.
태양을 넘보는 산정山頂의
키 큰 노거수老巨樹 하나를 향해 날아든다.

털썩
자신의 용상에서 쓰러져 나뒹구는
천년왕국.

일몰日沒

온종일 지구를 끌다가
저물녘
지평선에 누워 비로소
안식에 든 산맥.

하루의 노역을 마치고
평화롭게
짚 바닥에 쓰러져 홀로 되새김질하는
소 잔등의
처연하게 부드러운 능선이여.

제2부 생명표 브랜드

푸른 스커트의 지퍼

농부는
대지의 성감대가 어디 있는지를
잘 안다.
욕망에 들뜬 열을 가누지 못해
가쁜 숨을 몰아쉬기조차 힘든 어느 봄날,
농부는 과감하게 대지를 쓰러뜨리고
쟁기로
그녀의 푸른 스커트의 지퍼를 연다.
아, 눈부시게 드러나는
분홍빛 속살,
삽과 괭이의 그 음탕한 애무, 그리고
벌린 땅속으로 흘리는 몇 알의 씨앗.
대지는 잠시 전율한다.
맨몸으로 누워 있는 그녀 곁에서
일어나 땀을 닦는 농부의 그 황홀한 노동,
그는 이미
대지가 언제 출산의 기쁨을 가질까를 안다.
그의 튼실한 남근이 또
언제 일어설지를 안다.

축제

해마다 일월이면
강원도江原道 인제麟蹄 땅 소양호昭陽湖에선
각지에서 몰려든 수만 인파로
살생을 낙樂을 삼아 흥청이나니
일컬어 빙어氷魚축제라 한다.
호수의 얼음을 깨고 혹은 꼬챙이로 찍어 혹은
바늘로 꿰어 잡아 올린 빙어를
한쪽에선 굽고,
한쪽에선 튀기고,
한쪽에선 끓이고
또 한쪽에서는 살아 팔딱거리는 그대로
초장에 찍어 냉큼 목에 넘기면서
참 즐거운 하루였다고 무릎을 친다.
살을 태우는 그 연기여, 냄새여.
신神이 인간을 잡아 이토록 회를 쳐 먹어도
즐거운 손가.
나 비록 채식주의자는 아니고
불문佛門에 입교한 빈도貧道는 더더욱 아니건만
차마 이 아비규환阿鼻叫喚을 축제라
부를 수는 없구나.

생명표 브랜드

고르게 공급하는 전력이 제대로
공장을 돌리는 것처럼
때맞춰 대는 물이 또한
논밭을 잘 가동시킨다.
물로 만드느냐.
불로 만드느냐.
이 세상 모든 것은 공장의 제품,
자연은 물로 돌아가는 공장이다.
거미줄처럼 얽힌 저 물길들의
전선을 보아라.
지상의 강물은 고압선,
지하의 수맥들은 일반선,
농부는 오늘도 저수지에서
잘 변압된 전기를 끌어와
논밭을 가동시킨다.
질서 정연하게 돌아가는 생산라인의
하자 없는 제품,
그 생명표 브랜드.

복토覆土

만성 위염으로
기운이 쇠잔하여 이제 드러눕게 된 몸,
영양제, 항생제로 겨우겨우 버티다가
할 수 없이
이 봄
외과 처방을 받는다.

지력地力이 다해 복토한 논을
오늘 처음으로 흙을 골라 골을 치고
써래질 한다.

위 절개 봉합 수술.

파업

앞다투어 시커멓게
굴뚝으로 배출한 오염물질로
대기 중의 근로조건은 숨을
쉴 수 없을 만큼 악화,
구름 공장에서 작업하던 바람과
햇빛과 수증기가 일제히
파업을 단행하였다.

유례없는 대 가뭄.

지상의 초목들은 무참하게 시들어 간다.

전력 공급과 수도가 끊긴 이 한여름 밤 서울의
찜통더위.

화산 2

어느 공장에서 만든 제품들일까.
아름다운 꽃,
싱싱한 나무,
활기찬 짐승,
아아, 생각하는 인간도 있다.
밤낮 쉬지 않고
검은 연기를 내뿜는 저 거대하고 우람한
산정의 굴뚝을 보아라.
어느 용광로에 틈이 갔나.
수시로 불쑥 토해내는 그 뜨거운 마그마,
번쩍
전기 용접에서 튀는 번갯불,
간단없이 선반의 압착기가 두드리는
우렛소리,
그러나 아직 공급물량이 부족한 물품도
적지는 않다.

  --- 중동의 사랑,
  --- 한반도의 화해,
  --- 미국의 희생,
  --- 유럽의 양심,
  --- 아프리카의 나눔,

--- 남미의 상생,

지구는 우주의 거대한 대장간, 그러나
지금은 지배인을 갈아야 할 때가
지나지 않았을까.
예수 혹은 석가
아니면 공자?

그린벨트

어느새 자연은
전쟁터가 되었다,
격리된 수용소의 난민 일족이
굶주림에 지쳐 월경하다가
탕, 탕,
적탄에 맞아 쓰러진다.

숲속을 뛰쳐나와
잘 정리된 농지의 밭고랑에서
피 흘리며 나뒹구는 한 떼의
멧돼지.

자연과 대치하는 전선戰線, 그리고
파아랗게 떨고 있는 대지.

동맥경화動脈硬化

단 몇 시간의
게릴라성 집중호우로 터져버린 둑,
노오랗게 잘 익어가던 무논의 벼들이
한순간
무섭게 들이닥친 급류에 휩쓸려
모조리 쓰러져 버렸다.
긴급복구,
앰뷸런스가 달려오고
차가운 침상의
의식을 잃어버린 심장에
메스를 든 의사들의 손놀림이 심각하다.
막힌 혈관을 찾아라.
관상동맥을 이어라.

야금야금 숲을 베고 능선을 뭉개버린 산지에서
흘러든 토사,
그 침전물로 막혀버린 무논의 수로水路.

인공 수분受粉

살충제, 제초제, 비료를 먹고 이 만큼
잘 자랐나?
어디를 보아도 튼실하고 멋진 몸매.

철만난 과원의 복숭아꽃 활짝 만개,
몸을 열었다.
그러나 아무리 꽃가루를 날려 보내도
정작 날아들지 않는 벌, 나비, 풍뎅이.

성희롱인가,
애꿎은 봄바람만 꽃잎을 살살 간질일 뿐.

과교육過敎育을 견디다 못해 가출한 양갓집
소녀 하나,
거리 부랑자의 손에 잡혀 그만
순결을 잃고 말았다.

탁란托卵

양지바른 벌판
아늑한 둔덕에 쪼그리고 앉아
산은 오늘도
무덤들 몇 개를 품고 있다.
밖엔 겨울바람 매섭지만
포근하게 깃털로 감싼 가슴의 온기는
항상 따스하다.
언제 껍질을 깨고 나올까
그 알들……
산은 지상에 내려앉은
우주의 새,
품은 알 아직 부화할 기미가 없어
오늘도 날기를 포기한다.

단풍

늦가을
계곡의 오색찬란하게 물든 단풍은
첫날밤
홀로 신랑을 맞이하는 신부의
고운 자태 같아라.

칠보단장에 원삼 족두리
연지 곤지 화사한 그
아미蛾眉.

나무는
황홀한 밤의 아픔을 위하여
수줍게 옷 벗을 준비를 한다.

다시 올 봄이여.

춘설春雪 1

운동회 전야前夜
잘 정비된 초등학교 운동장은
텅 비었지만 산뜻했다.
정문에서 교사까지
황토로 곱게 다져진 굳은 땅위에
하얗게 뿌려진 그 정갈한 횟가루.

내일의 축제로 가슴 설레는……

춘설春雪 2

초벌 그림은 아무래도
안 되겠다.
다시 하얗게 지워버린 그 화판.

뒤척이다 늦새벽 다시 꿈꾸는
백일몽!

제3부 늦가을

내 시의 사전에는 '증오'라는 말이 없다.

내 눈이 더 이상
전장의 살육을 보지 않게 하여라.
내 귀가 더 이상
산 자의 통곡을 듣지 않게 하여라.
내 코가 더 이상
대지의 피 냄새를 맡지 않게 하여라.
이 세상의 쇠붙이는 오직
옥토에 생명을 키우는 삽과 쟁기만을
만들지니
모든 총포와 창검과 그리고 철갑을 거두어
20세기의 비극 저
우리의 휴전선에
거대한 용광로를 하나 세우자.
미움과 원한과 저주와 분노를 녹여
아아, 한 가지 오직 화해만을 일구어낼
사랑의 용광로,
높은 장벽, 철조망, 쇠창살을 허문 바로 그 동산에
우리는 다만 꽃과 나무와 작물만을 심을 지니
이제 내 눈이 더 이상
전장의 살육을 보지 않게 하여라.
내 시의 사전에는
'증오'라는 말이 없다.

타종打鐘

낮고 깊은 신음소리,
날카로운 저 비명소리,
흉악범에게 가해지는 형벌의 나날인가.
발가벗겨 온 생을 허공에 매달린 채
종은 무시로
채찍에 맞아 울부짖는다.
누 만년 총칼로
창과 방패로, 탱크와 군함으로, 폭탄으로
평화를 짓밟고
수억 인류를 살상한 그
씻을 수 없는 죄.
그 쇠붙이 하나를 희생양으로 붙잡아 하늘에 고하고
단죄하나니
평화의 날을 기약하며
종신에 태형을 가하는 그
타종소리.

이데올로기 2

야반도주인지 강제 이주인지 아무도 몰라.
주인이 떠난 지는 십여 년이 넘었지만
대문은 아직 굳게
잠겨 있다.
이미 녹슨 지 오랜 자물쇠,
부숴야 열릴 문,
그 문틈으로 엿보는 집안은 폐허다.
가라앉은 지붕, 부서진 기둥, 나뒹구는 서까래,
개망초, 민들레,
정원의 무성한 잡초.
필시 그가 심었을
넝쿨장미 하나 월담해 밖으로 쫑긋
귀를 내밀어
내 그 꽃에게 행방을 묻노니
주인은 어디 가셨나?

아직 이름만 남아
바람이 불 때마다 아슬아슬 허공에 흔들리는
폐가廢家의 그 녹슨
문패.

이념

스스로 움직여 흐르지 않고
한곳에 멈춰 고여 있는 것은 어차피
썩기 아니면 얼기다.
지하의 수맥 또한 그렇지 아니한가.
동토의 저 물상으로 굳어버린 나무와
수렁에서 썩어가는 풀을 보라.
나무가 혹은 풀이 간단없이
바람에 나부끼며 흔들려야 하는 이유를
알 것이다.
누가 그렇게 말했던가.
의식은 지하에 흐르는 물과 같아
투명하다고……
물은 토양의 정신, 항상
감성의 전율로 어디론가 흘러가야 할지니
고여 있는 그것을 우리는 일컬어
'이념'이라 한다.

자판기

무슨 죄를 지었기에 이처럼
격리 수용되어 있어야 하는가.
자판기는
식품들의 감옥일지 모른다.
똑같은 수의를 입고 칸칸마다
갇혀 있는
깡통 1, 깡통 2, 깡통 3……
순수 식재료를
화학 첨가물로 오염시킨 죄일지 몰라.
방부제로
정신을 서서히 변질시킨 죄일지도 몰라.
가련해 보여서일까.
투입구에 몇 개의 동전을 넣자
철컥 철문이 열리며
쏟아져 나오는 형집행 정지 가석방 죄수들.
번번이 속아
보석을 신청하는 인간들의 그 순진함이
어리석기만 하다.

동파凍破

얼어붙은 경기로 주가 급락,
주식에 전재산을 걸었던 한 실업 가장이
가족과
동반자살을 시도했다.
거실에 낭자한 피.

오늘 우리 집은 모든 것이 마비다.
시베리아에서 불어 온 냉기류에
기온 급강하,

보일러가 멈추고, 식수가 끊기고,
하수도가 막히고
믿었던 수도관의 동파.
평소
따뜻하게 감싸주지 못했던……

늦가을

현관 문기둥을 타고 올라
처마에서 지붕으로, 지붕에서 용마루로
쭉쭉 뻗어가던 넝쿨이
어젯밤 된 서리를 맞아 쭉정이만 남았다.
여름내 무성했던 초록 잎새들이 어느새 갈잎져,
남발된 부도수표처럼
마당에 수북이 쌓여 있다.
바람에 이리저리 날린다.
그래도 구둣발에 밟히지 않으려는 듯
미처 거두지 못한 조롱박 하나가
익지도 못한 채 시들어
처마 끝 파아란 하늘에 대롱대롱
매달려 있다.

어제까지 승승장구,
최고로 치솟던 주가株價가 그만
경기 한파로
하룻밤 새 갑자기 폭락한 뒤
그 중년 실업가는 자신의 사무실 천장에 그만
목을 맸다.

농성籠城

매장엔 찬바람만 분다.
체감 경기는 이미 빙점氷點 이하,
부도 직전의 회사는 문을 닫았다.
일시에
거리로 내몰린 실직 노동자들은 바람 따라
뿔뿔이 흩어졌는데
대량 해고에 항의하며 아슬아슬
타워 크레인 첨탑 끝에 앉아 단식 농성에 돌입한
그 사원 하나.

떨어지길 거부한 채
벼랑의 나뭇가지 끝에 홀로 매달려
위태위태
겨울바람에 흔들리고 있는 저 외로운 갈잎
하나.

권력

산책길, 풀 섶에서
불쑥 뛰쳐나온 한 마리 뱀,
놀라 한 발짝 물러서서 다시 들여다보니
썩은 새끼줄이다.
객쩍은 마음에 절로 웃음이 난다.
한때는 누군가 목을 맸을 혹은
옴짝 달싹 못하도록 사지를 결박했을
그 새끼줄.
살아서 공포의 대상이었던 그가
이제는 죽어 조롱감이다.
줄을 대고, 줄을 세워, 줄로서 줄줄이 줄을 묶어
뱀처럼 교활하게
한세상 또아리를 틀었던 그
권력이
실은 한토막 썩은 새끼줄이었던가.
무엇이든 묶어 방치된 줄은
언제인가 한번은 녹슬거나 썩는 법.
나 오늘 산책길에서
부패도 아름다울 수 있음을
처연히 깨우친다.

좌냐 우냐

사원 공채 면접 보러 가는 날,
회사 찾기 난망이다.
한참 길을 찾다보면 우회로迂廻路,
다시 걷다 보면 또
구도로舊道路,
좌냐, 우냐, 마주치는 교차로의 횡단보도에
어리둥절 멈춰 서서
잠시 고개를 돌려보는데
안하무인
'휘익'
고속으로 질주하는 작업차량에 치어
아차
죽을 뻔하였다.
군용 트럭이 아니길 다행.

어딘들 바다에 가 닿지 않으랴.
굽이굽이 몇 천리 뻗어 있는 길,
강물도 물길 따라 흐른다지만
좌냐, 우냐,
그 어디에도 교차로가 없는 강,
교통사고 없는 강.

비정규직

깨져서 모난
파편이 되지도 못한다.
유리병이나 사기그릇과는 다른
일회용 종이컵.
근처에 자판기가 있는 것일까,
보도 이곳저곳 함부로 버려져 발길에
채이고 있다.
한순간
미각味覺을 자극하던 그 씁쓸하고도
달콤한 관능,
커피 한 모금 훌쩍 빨아 마시고 내팽개친
그 새하얀 순정,
밟혀 구겨지지 않는 것은
종이컵이 아니다.
깨지면 칼날이 되는
유리병과는 다르다. 그 일회용 종이컵,
대량해고로
일시에 거리거리 내몰린 비정규직
노동자들.

아이. 엠. 에프 I.M.F.

늦여름
남태평양에서 형성된 고기압이 돌연
태풍을 몰고 북상하더니
쓰나미를 동반,
단숨에 한반도 해안을 강타했다.
잘 익어가던 과원의 능금들이
우두둑 떨어져
진흙구덩이에 나뒹군다.

가을로 가는 막차는 이미 떠났는데
기약 없이 기다리다가
맨바닥에 아무렇게나 쓰러져 잠든
여름역 대합실의 실직
노숙자들.

암초

입 안에 드는 것은 때로 육신을
병들게 하지만
귀로 드는 것은 마음에 상처를 낸다.
공해물질에 오염된 식품을 먹고
걸린 암, 그러나
한순간의 폭언暴言이 격발시킨 그
광적狂的 원한,
육신의 병은 자신을 죽게 만들지만
마음의 병은 타인을 해친다.
천길 물속은 알아도
한길 마음속은 모른다 하나
언뜻 잔잔해 보이는 수면 아래서 몰래
밀물과 썰물로 칼을 갈고 있는
그 바다 속 암초.

제4부 아하!

연鳶

위로 위로 오르고자 하는 것은 그 무엇이든
바람을 타야 한다.
그러나 새처럼, 벌처럼, 나비처럼 지상으로
돌아오길 원치 않는다면
항상
끈에 매달려 있어야 하는 것,
양력揚力과 인력引力이 주는 긴장과 화해,
그 끈을 끊고
위로 위로 바람을 타고 오른 것들의 행방을
나는 모른다.
다만 볼 수 있었던 것,
갈기갈기 찢겨져 마른 나뭇가지에 걸린
연, 혹은 지상에 나뒹구는 풍선 파편들,
확실한 정체는 모르지만
이름들은 많았다.
마파람, 샛파람, 하늬바람, 된바람, 회오리, 용오름……

이름이 많은 것들을 믿지 마라.
바람난 남자와 바람난 여자가 바람을 타고
아슬 아슬
허공에 짓던 집의 실체를 나 오늘
추락한 연에서 본다.

손목 시계

근대에 들어
신神이 죽었다고 떠벌리는 인간들에게 신은
신성 모독의 벌로
손목에 시간의 수갑을 채웠다.
인간들이
성범죄자의 발목에
전자팔찌를 채우는 것처럼……

갯바위

찰진 흙같이
숲과 꽃밭을 일굴 수는 없겠으나
다른 바위가 그런 것처럼 스스로 금가
그 틈새로
난초꽃 한 그루도 피울 수 없다는 것이냐.
마른 이끼 한 뿌리도 키울 수 없다는 것이냐.
그 불붙은 응어리를 한으로 삭혀
가슴 깊이 굳혀버린 저
용암의 숯덩이.
이리저리
강물 따라 구만리 굴러온 바위 하나,
제 운명과 맞서 차라리 죽음을
선택했다.
벼랑 끝에서
까마득히 바다로 투신해
수면 위로 머리를 내민 채 허우적거리는
갯바위 하나.

해머

홀로 있다는 것은
있지 않다는 것이다. 아니
없다는 것이다.
언덕에 쳐박힌 바위,
홀로 길가에 버려진 돌멩이,
어디 그들을 살아 있다 하겠는가.
생명은 항상 누군가와 만나서
부딪히고, 깨지고, 합치고, 나뉘고, 열 받아야
생명이다.
한자리만을 지키는 나무나 꽃도 기실
바람에 흔들리고 벌이 핥아
살아 있는 것.
아무 만남 없이 홀로 시간을 죽이는 인간보다는
부딪히는 두 개의 돌멩이가 더 의미 있나니
해머가 내리치는 정釘에 맞아
쩡
한순간 반동하는 바위의 강한
힘,
파아랗게 번쩍이는 그
불꽃을 보라.

풍선

축제 때마다
일제히 하늘로 날리는
풍선.
어떤 것은 나뭇가지에,
어떤 것은 전신주에 걸려 안타깝지만
시야에서 멀리 사라졌다고 하여 어찌
하늘에 닿았다 하겠는가.
필경 낮은 기압에 터지고 뜨거운 햇살에 타서
몇 조각 시신으로 지상에 추락할지니
태양은 항상
절대의 높이에서 군림해야 할 존재,
그 누구든 결코
근접을 허락지 않는다.

그러므로 축제 때 풍선을 날리는 까닭은
들뜬 마음을 가라앉혀 스스로
자신의 분수를 알라는 뜻일지니
진실은
보이지 않는다 해서 결코 사라지는 법이
아니다.

아하!

아직 채 겨울은 가지 않았는데
눈밭에서
바싹 마른 마가목 꽃대의 막
트는 눈이
눈을 뜨고 새초롬히 바라다보는
유리 하늘.

동안거冬安居 막바지에 이른 수좌首座의
정결한 이마 아래서 빛나는 푸른
눈빛 같다.

아하!
깨달음은 듣는 것이 아니라
보는 것,
반짝
한세상이 그의 눈 안에 드는 것.

파도는

간단없이 밀려드는 파도는
해안에 부딪혀 스러짐이 좋은 것이다.
아무 미련 없이
산산히 무너져 제자리로 돌아가는
최후가 좋은 것이다.
파도는
해안에 부딪혀 흰 포말로 돌아감이 좋은 것이다.
그를 위해 소중히 지켜온
자신의 지닌 모든 것들을 후회 없이 갖다 바치는
그 최선이 좋은 것이다.
파도는
해안에 부딪혀 고고하게 부르짖는 외침이 좋은 것이다.
오랜 세월 가슴에 품었던 한마디 말을
확실히 고백할 수 있는 그 결단의 순간이 좋은 것이다.
아, 간단없이 밀려드는 파도는
거친 대양을 넘어서, 사나운 해협을 넘어서
드디어
해안에 도달하는 그 행적이 좋은 것이다.
스러져 수평으로 돌아가는
그 한생이 좋은 것이다.

가을 단풍

불은
산소 없이
연료만으로는 안 된다.
불씨를 살려내기 위해서는 누구나 조심스레
솔솔 입김을 불어야 한다.
하나, 둘……
봄바람에 흔들리며 깨어나는 꽃들,
그 첫사랑.

그러나 바람난 욕정은 쉽게
불길을 잡을 수 없다.
늦여름의 태풍을 견디지 못하고
활활 타서 한껏 재가 되어버린
가을 단풍을 보아라.

낙하 1

꽃잎들은 하늘 하늘 하늘로 날아가지만
열매들은
흔쾌히 지상으로 뛰어내린다.

이상은 멀리 지평선 넘어 있어도
현실은 발 아래
중력을 무시할 수 없는 법.

바람이 분다.
…… 털석 ……
생명의 중심을 향해
망설이지 않고 몸을 던지는 그
용기,

우주에 잔잔히 파문이 인다.

이 세상에는 그 무엇도
결별 없이 깨어나는 삶이란 없다.
수직과 수평이 교차하는 가지 끝에서
오늘도
조용히 바람에 흔들리고 있는
나무.

어떤 기도

기도하는 갈매기를 보았는가.
허공을 선회하던 갈매기 한 떼가
돌연
뭍으로 내리더니
해안 사구에 정연히 자리를 잡고
해를 바라 조용히 명상에 든다.
수평선 너머 한 방향을 일제히 응시하는 그
눈빛들이 경건하다.
머리에는 한결같이 흰 깃의 히잡을 썼다.
모스크 광장에 도열해서
메카를 향해 무릎을 꿇고 경배하는
무슬림들 같다.
잠시 전
고깃배에서 활어를 약탈하고,
어시장에서 생선 찌꺼기를 훔쳐 먹고,
날쌔게 잠수해서 어린 물고기를 살육하던
그 모습이 아니다.
갈매기도
험난한 바다에선 삶이 고해임을 아는 까닭에
이처럼 신에게
고백할 줄을 아는 것이다.

하수아비

구획 정리가 잘된 농지는
식물들의 아파트 단지인지도 몰라.
도시 셀러리맨 같은 작물들의
출퇴근이 정확하다.
자연의 시간은 일 년이 하루다.
지금 시각은 오후 6시,
가을의 시작.
거리는
일제히 퇴근길을 서두르는 인파들로
북적거린다.
한 밤은 겨울,
인적 끊긴 단지 내엔 몇몇 경비원들만
무료하게
적막한 집들을 지키고 있다.
허수아비, 허수아비,
봄을 기다리며
먼 산맥을 말없이 응시하고 서 있는
겨울 들녘의 저 허수아비.

울음 1

산다는 것은 스스로
울 줄을 안다는 것이다.
누군가를 울릴 수 있다는 것이다.
갓 태어나
탯줄을 목에 감고 우는 아기,
빈 나무 끝에 홀로 앉아
먼 하늘을 향해 우짖는 새,
모두 처마 끝에 매달린 풍경같이
울고
또 울린다.
삶의 순간은 항상 만남과 헤어짐의
연속임으로……
바람이 우는 것이냐. 전깃줄이 우는 것이냐.
오늘도 나는 빈 들녘에 홀로 서서
겨울바람에 울고 있는 전신주를 보았다.
그들은 절실한 것이다.
물건도 자신의 운명이 줄에 걸릴 때는
울 줄을 아는 것이다.

첫날 밤
— 안성에 우거할 집 한 채를 짓고

거푸집을 뜯어내자
신축 건물 하나 눈부시게 속살을 드러낸다.
허물 벗은 매미처럼 그 모습
산뜻하다.
단아한 선의 콩크릿 외벽,
사슴의 푸른 눈망울 같은 유리창,
대리석 이마의 둥근 베란다, 그리고
그 속눈썹 커튼,
온 방의 전등들을 일시에 켜본다.
드디어 입택이다.

드디어 첫날밤이다.
오랜 세월 몸을 가린 옷들을 벗어던지고
처음으로 보여주는 그대의 나신,
맨몸과 맨몸이 만나서 등불을 켜든
오늘은 축일.

■ 해설 ■
부감법의 시학과 사랑의 언어

홍용희(문학평론가)

    오세영의 시집 『밤 하늘의 바둑판』은 천상의 수직에 시점을 둔 부감법의 구도를 통해 지구적 삶의 현상을 바둑판처럼 가지런하고 명료하게 묘파하고 있다. 그는 이번 시집에서 행성의학자의 시선으로 "산맥", "일몰", "번개", "화산" 등의 자연 풍광을 거시적으로 조망하고 지구의 체온과 맥박을 진단하고 있는 것이다. 그가 이와 같은 행성의학자가 될 수 있었던 것은 부감법의 시학을 체득했기 때문이다. 대부분의 시적 묘사가 사물의 눈높이에서 인식하는 심미적 주관성에 의존하는 것과 달리 부감법의 투시는 천상의 수직적 높이에서 사물을 입체적, 유기적, 전체적으로 조망하고 그 형이상학적 의미를 포괄적으로 규명하기에 용이하다.

    그가 천상의 고도에서 사물의 존재 원리와 특성을 조감할 수 있는 것은 그동안 그의 시와 시론이 쌓아온 적공이 세상의 이치를 활연관통豁然貫通할 수 있는 지점에 이르렀음을 보여주는 것이기도 하다. 물론, 그가 행성의학자의 감각으로 세상의 풍광과 존재원리를 조감한다고 해서 가치중립적인 과학자의 냉엄한 시선을 견지하는 것은 아니다. 그의 부감법의 투시는 특유의 천진스런 호기심과 따스한 정감으로 세상을 어루만지는 섬세하고 소박한 감성으로 전개된다.

다음 시편은 그의 창작 방법론에 해당하는 부감법의 투시점을 구체적으로 드러낸다.

구름은
하늘 유리창을 닦는 걸레,
쥐어짜면 주르르
물이 흐른다.

입김으로 훅 불어
지우고 보고, 지우고
다시 들여다보는 늙은 신의
호기심어린 눈빛.

– 「구름」 전문

시상이 동심의 세계처럼 맑고 투명하다. "구름"을 "하늘 유리창을 닦는 걸레"로 묘사하는 시적 발상이 매우 흥미롭다. "늙은 신의 호기심 어린 눈빛"이 "하늘 유리창"을 "지우고 보고, 지우고/ 다시 들여다" 본다. 물론 여기에서 "하늘 유리창"을 닦는 것은 지상의 풍경을 맑고 투명하게 바라보기 위해서이다.

이와 같이 "하늘 유리창"으로 내려다보는 천상의 "호기심 어린 눈빛"이 오세영의 이번 시집 전반의 창작 주체로 파악된다. 그래서 시집 전반에는 천상의 높이에서 전일적으로 인식되는 "지구"가 시적 주어로 자주 등장한다. 그의 시적 삶은 "하늘 유리창"의 고도에 이르는 미적 거리를 확보하고 있는 것이다.

하늘 유리창을 통해 들여다보는

저 무수히 깜박이는 눈,
눈동자들.
지구는 우주의
거대한 사파리일지도 몰라.

어떤 문제를 일으켰을까.
오늘도
유성流星의 총탄에 맞아 실신한
여린 영혼 하나,
마취된 채
지구 밖으로 끌려 나간다.
저항할 틈도 없이……

– 「마사히 마라」 전문

  시적 화자는 "하늘 유리창을 통해" 세상을 들여다본다. 세상은 "무수히 깜박이는 눈"들이 흩뿌려진 점묘화로 반사된다. 그래서 "지구는 우주의 거대한 사파리"로 규정된다. 기운생동하는 생명체들의 풍경이 지구의 풍경인 것이다. 그러나 지구는 생명체들의 활성의 과정과 함께 소멸의 절차가 진행되는 곳이기도 하다.
  2연은 지구에서 일어나는 자기조직화 운동 중에 소멸에 초점이 놓이고 있다. "어떤 문제를 일으켰을까." 물론 "어떤 문제"가 중요한 사안은 아니다. 마치 "어떤 문제"를 일으켜서 소멸의 과정이 전개되는 것처럼 보이는 사실이 중요하다. "유성의 총탄에 맞아 실신한/ 여린 영혼 하나,/ 마취된 채/ 지구 밖으로 끌려 나"가고 있다. "하늘 유리창"의 미적 거리 속에서 포착되는 지구의 생명 과정의 풍경이다.

이와 같이 "하늘 유리창을 통해" 볼 때, 지구의 생명 현상 뿐만이 아니라 지구 전반의 치명적인 결핍의 상황까지 분명하게 인지된다.

> 검은 연기를 내뿜는 저 거대하고 우람한
> 산정의 굴뚝을 보아라.
> 어느 용광로에 틈이 갔나.
> 수시로 불쑥 토해내는 뜨거운 마그마,
> 번쩍
> 전기 용접에서 튀는 번갯불,
> 간단없이 선반의 압착기가 두드리는
> 우렛소리,
> 그러나 아직 공급물량이 부족한 물품도
> 적지는 않다.
>
> --- 중동의 사랑,
> --- 한반도의 화해,
> --- 미국의 희생,
> --- 유럽의 양심,
> --- 아프리카의 나눔,
> --- 남미의 상생,
>
> 지구는 우주의 거대한 대장간, 그러나
> 지금은 지배인을 갈아야 할 때가
> 지나지 않았을까.
> 예수 혹은 석가
> 아니면 공자?

- 「화산 2」 일부

　시적 화자는 "거대하고 우람한 산정의 굴뚝"에서 "수시로 불쑥 토해내는 뜨거운 마그마"의 거대한 물량을 바라보면서 문득 "공급물량이 부족한" 지구의 "물품"을 적고 있다. "중동/ 한반도/ 미국/ 유럽/ 아프리카/ 남미"에 각각 "사랑/ 화해/ 희생/ 양심/ 나눔/ 상생" 등등이 부족한 것으로 진단된다. 따라서 이제는 지구의 살림을 관리할 "지배인을 갈아야 할 때"이다. "지구는 우주의 거대한 대장간"이지만 그러나 지구적 삶의 목적과 방향이 잘못되었다는 인식이다. 그렇다면, 앞으로 지구의 살림을 맡아 할 수 있는 바람직한 지배인은 누구인가? 그것은 "예수 혹은 석가/ 아니면 공자?"로 제시된다. 이 대목은 지구적 삶이 나아가야 할 가치를 암시한다. 이제 지구의 삶은 기능적, 물량적, 수치적 가치 지향에서 정신적 가치의 구현을 추구해야 한다는 당위성을 지적하고 있다.

　특히, 오세영의 시편에서 지구적 삶의 현상에 대한 인식은 지구생물주의를 바탕으로 한다. 그에게 지구는 하나의 유기적인 생명체이다.

　　온종일 지구를 끌다가
　　저물녘
　　지평선에 누워 비로소
　　안식에 든 산맥.

　　하루의 노역을 마치고
　　평화롭게

짚 바닥에 쓰러져 홀로 되새김질하는

소 잔등의

처연하게 부드러운 능선이여.

– 「일몰日沒」 전문

　"하늘 유리창"(「구름」)에서 바라보는 "산맥"의 풍경이다. "온종일 지구를 끌다가/ 저물녘/ 지평선에 누워 비로소/ 안식에 든" "산맥"의 비경을 조망할 수 있는 곳은 "하늘 유리창"이 아니면 불가능하다. "하루의 노역을 마치고/ 평화롭게/ 짚 바닥에 쓰러"진 "산맥"의 "능선"이 "소 잔등"으로 묘사되고 있다. "일몰"을 맞이하는 "지구"의 모습이 하나의 유기적인 생명활동으로 감각화되고 있다. "하늘 유리창"에서 바라보는 부감법의 시학에서 구현되는 지구적 삶의 실체이다.

　다음 시편은 부감법의 투시가 성취한 미적 인식의 한 경지를 유감없이 보여준다. "산"이 "지상에 내려앉은/ 우주의 새"였다는 내밀한 비의를 발견하고 있다.

양지바른 벌판

아늑한 둔덕에 쪼그리고 앉아

산은 오늘도

무덤들 몇 개를 품고 있다.

밖엔 겨울바람 매섭지만

포근하게 깃털로 감싼 가슴의 온기는

항상 따스하다.

언제 껍질을 깨고 나올까

그 알들⋯⋯

산은 지상에 내려앉은
우주의 새,
품은 알 아직 부화할 기미가 없어
오늘도 날기를 포기한다.

- 「탁란托卵」 전문

"탁란"이란 어느 새가 다른 새의 둥지에 자신의 알을 맡겨 잉태시키는 것으로서 따뜻한 생명공동체의 정서를 표상한다. 시적 화자는 이러한 "탁란"의 과정을 "아늑한 둔덕에 쪼그리고 앉"은 산들 속에서 발견하고 있다. 여기에 이르면, 산비탈의 "무덤" 자리가 겨울바람 속에서도 "항상 따스"했던 이유를 짐작할 수 있다. 산이 자신의 "깃털"과 "가슴"으로 "포근하게 감"싸 주었기 때문이다. 그렇다면, "무덤"들은 "언제 껍질을 깨고 나올까". 다시 말해, "품은 알"이 "부화할" 때는 언제인가? 이러한 질문은 그 자체로 생태적 상상을 환기시키는 신선하고 호기심 어린 궁금증이 된다.

이와 같은 지구 생물주의에 입각한 공동체적 세계관이 일상적 구체에 집중되면 다음과 같은 흥미로운 시적 상상으로 펼쳐진다.

농부는
대지의 성감대가 어디 있는지를
잘 안다.
욕망에 들뜬 열을 가누지 못해
가쁜 숨을 몰아쉬기조차 힘든 어느 봄날,
농부는 과감하게 대지를 쓰러뜨리고
쟁기로

그녀의 푸른 스커트의 지퍼를 연다.
아, 눈부시게 드러나는
분홍빛 속살,
삽과 괭이의 그 음탕한 애무, 그리고
벌린 땅속으로 흘리는 몇 알의 씨앗.
대지는 잠시 전율한다.
맨몸으로 누워 있는 그녀 곁에서
일어나 땀을 닦는 농부의 그 황홀한 노동,
그는 이미
대지가 언제 출산의 기쁨을 가질까를 안다.
그의 튼실한 남근이 또
언제 일어설지를 안다.

―「푸른 스커트의 지퍼」 전문

"봄날", "쟁기"로 땅을 갈아 "씨"를 뿌리고 새싹을 기다리는 과정이 에로티시즘적 상상력을 통해 흥미롭게 펼쳐지고 있다. "농부"와 "대지"의 상관성 속에서 새싹이 돋아나는 과정이 남녀의 음양의 이치 속에서 실감 있게 해명되고 있는 것이다. 유능한 "농부"란 "대지의 성감대가 어디 있는지를 잘" 아는 자이다. "농부는 과감하게", "그녀의 푸른 스커트의 지퍼를 열고" 씨앗을 뿌린다. "삽과 괭이의 음탕한 애무" 속에서 "대지는" "전율"하고 "농부"는 "황홀"해 한다. "대지"는 곧 "출산의 기쁨"을 구가할 것이다. 시상의 마지막에 이르면 농부와 대지는 모두 생명의 생산 주체로서의 신성성을 확보한다. 시상의 열기와 속도감이 봄날의 분주한 생명활동을 감각적으로 전이시키고 있다. 대지적 상상력을 우리들의 생활감각 속으로 한층 가깝게 내면화시키고 있는 시편이다.

한편, 오세영의 시적 삶의 토대를 이루는 생명공동체적 세계관은 점차 지구의 체온과 맥박을 체크하는 행성의학자의 역할 수행으로 집중된다. 그에게 인식되는 지구의 논, 밭에서 산출되는 곡식들은 "생명표 브랜드"(「생명표 브랜드」)이며 "단 몇 시간의/ 게릴라성 집중호우로 터져버린 둑"은 "동맥경화"(「동맥경화」)로 진단된다.

다음 시편들은 지구적 재앙의 원인을 규명하고 있다.

> 앞다투어 시커멓게
> 굴뚝으로 배출한 오염물질로
> 대기 중의 근로조건은 숨을
> 쉴 수 없을 만큼 악화,
> 구름 공장에서 작업하던 바람과
> 햇빛과 수증기가 일제히
> 파업을 단행하였다.
>
> 유례없는 대 가뭄.
>
> – 「파업」 일부

"파업"이란 자연의 대반격을 가리킨다. "유례없는 대가뭄"의 원인은 "굴뚝으로 배출한 오염물질"에 항거하여 "구름 공장에서 작업하던 바람과/ 햇빛과 수증기가 일제히" 파업을 단행했기 때문이다. 인간중심주의가 지구생명의 공동체적 질서를 와해시킨 것이다.

이와 같은 생명 공동체적 세계관이 인간 삶의 일상으로 향하면 자연의 이치에 거스르는 이념적 도식성에 대한 날카로운 비판을 드러낸다.

> 스스로 움직여 흐르지 않고
> 한곳에 멈춰 고여 있는 것은 어차피
> 썩기 아니면 얼기다.
> 지하의 수맥 또한 그렇지 아니한가.
> 동토의 저 물상으로 굳어버린 나무와
> 수렁에서 썩어가는 풀을 보라.
> 나무가 혹은 풀이 간단없이
> 바람에 나부끼며 흔들려야 하는 이유를
> 알 것이다.
> 누가 그렇게 말했던가.
> 의식은 지하에 흐르는 물과 같아
> 투명하다고……
> 물은 토양의 정신, 항상
> 감성의 전율로 어디론가 흘러가야 할지니
> 고여 있는 그것을 우리는 일컬어
> '이념'이라 한다.
>
> – 「이념」 전문

모든 존재는 순환하고 소통하고 변화하는 특성을 지닌다. 이것이 곧 영원한 자연의 이법이다. "한곳에 멈춰 고여 있는 것은" "썩기 아니면 얼기다." "지하의 수맥", "동토의 저 물상", "수렁에서 썩어가는 풀"이 모두 이를 온몸으로 입증하고 있지 않은가. 이 점은 인간 삶에서도 다르지 않다. "고여 있는" 실체로 존재하는 것은 억압적인 "이념"이 된다. "정의가 정의에만 집착하는 정의는/ 정의가 아니"며 "사랑이 사랑에만 집착하는 사랑"은 "감옥"(「깃발」)일 뿐이다. "좌냐 우냐"로 나누어 자기 주장을 고집하는 도식은 죽임의 양식이다. 그래서 "좌냐, 우냐,/ 그 어디에도 교차로가 없는 강,/ 교통사고 없는 강"의 존재 원리는 아무리 강조해도 지나치지 않다. 이미 탈이념의 시대가 전개되었지만, 그러나 아직까지 우리 생활 속에 "폐가廢家의 그 녹슨/ 문패"(「이데올로기 2」)"처럼 산재하는 "이념"에 대한 통렬한 비판이다.

오세영의 이번 시집은 인간과 자연의 생활감각에 대한 묘사와 더불어 그 이면에 자연의 이치를 감각화하고 있음을 거듭 확인할 수 있다. 그가 노래하는 생태적 상상력과 이념적 도식성에 대한 비판은 기본적으로 자연의 이법의 신생을 강조하는 것으로 해석된다. 그러나 그가 강조하는 자연의 이법은 결코 가치중립적인 엄정성에 갇히지 않는다. 오히려 사랑과 보살핌의 정서가 그 중심을 가로지르고 있다. 그의 시편들이 부감법의 골법을 통해 명료하고 활달하게 전개되면서도 온화하고 부드럽고 습윤한 정조를 띠는 특성도 여기에서 비롯된다.

> 얼어붙은 경기로 주가 급락,
> 주식에 전 재산을 걸었던 한 실업 가장이
> 가족과
> 동반자살을 시도했다.
> 거실에 낭자한 피.
>
> 오늘 우리 집은 모든 것이 마비다.
> 시베리아에서 불어 온 냉기류에
> 기온 급강하,

보일러가 멈추고, 식수가 끊기고,
하수도가 막히고
믿었던 수도관의 동파.
평소
따뜻하게 감싸주지 못했던……

— 「동파凍破」 전문

 "주가 급락"으로 "실업 가장이/ 가족과/ 동반자살을 시도"하는 사건이 비일비재하는 것이 현실이다. 이들의 안타까운 죽음의 원인은 무엇인가? 시적 화자는 그 이유를 자신의 생활 감각 속에서 내밀하게 지적하고 있다. "평소/ 따뜻하게 감싸주"었다면 "믿었던 수도관의 동파"는 일어나지 않았을 것이다. 이와 같이 "아이. 엠. 에프I.M.F"(「아이. 엠. 에프I.M.F」)를 비롯한 경제 한파와 그로인한 죽음의 파행들은 "평소/ 따뜻하게 감싸주지 못했던" 사랑의 결핍에서 비롯되었다는 인식이다.

 시적 화자에게 평소에도 나누어야 할 사랑과 보살핌의 정서가 필요하다는 것은 하나의 자연의 법칙과 같다. 그가 「늦가을」, 「비정규직」, 「농성籠城」 등에서 "겨울바람에 나부끼고 있는" "갈잎" 같은 존재들을 향해 연민과 사랑의 정감을 드러내는 것은 인간사의 바람직한 삶의 원리를 제기하고 있는 것으로 해석된다. 이렇게 보면, 오세영이 부감법의 구도로 묘파하는 지구적 삶의 현상과 그 형이상학적 원리는 궁극적으로 사랑의 정서를 지향하고 있는 것으로 파악된다. 직설적인 어법으로 개진되고 있는 다음 시편은 이 점을 좀 더 분명하게 보여준다.

미움과 원한과 저주와 분노를 녹여
아아, 한 가지 오직 화해만을 일구어낼
사랑의 용광로,
높은 장벽, 철조망, 쇠창살을 허문 바로 그 동산에
우리는 다만 꽃과 나무와 작물만을 심을 지니
이제 내 눈이 더 이상
전장의 살육을 보지 않게 하여라.
내 시의 사전에는
'증오'라는 말이 없다.

- 「내 시의 사전에는 '증오'라는 말이 없다」 일부

 "미움과 원한과 저주와 분노를 녹여" "화해"를 만드는 "사랑의 용광로"가 시상의 중심점을 이루고 있다. 시적 화자는 "사랑의 용광로"를 통해 "철조망, 쇠창살을 허문 바로 그 동산"을 꽃과 나무와 작물"의 터전으로 바꾸고자 한다. 이러한 작업은 궁극적으로 "내 시의 사전에는 '증오'라는 말이 없다"는 선언적 명제를 실현하기 위한 방법적 과정으로 파악된다. "내 시의 사전"이란 비단 이번 시집만이 아니라 오세영의 시 세계 전반을 대상으로 한다. 따라서 이 선언적 명제는 그의 시 세계의 궁극적이고 일관된 지향점이며 자세를 드러낸 것으로 보인다. 따라서 그가 부감법의 투시를 통해 지구적 현상과 그 내면의 존재 원리로서 생명 공동체적 세계관을 구현하는 것 역시 스스로 "사랑의 용광로"가 되기 위한 방법적 실천으로 파악된다. 그의 "사랑의 용광로"로서의 시적 삶은 앞으로 더욱 큰 울림으로 다가올 것이다. 오늘날 우리 사회가 계층적 소외와 갈등, "높은 장벽, 철조망, 쇠창살"을 이용한 증오와 대결을 더욱 부추기고 있는 실정이기 때문이다.